AF371154

Vente des 27 et 28 Novembre 1871

PAR SUITE

DE CESSATION DE COMMERCE DE M. B...

Exemplaire de Barre

OBJETS D'ART

ET

DE CURIOSITÉ

EXPOSITION

Le Dimanche 26 Novembre 1871

Mᵉ CHARLES OUDART | M. ÉMILE BARRE
COMMISSAIRE-PRISEUR | EXPERT

J. Claye, imprimeur
rue St-Benoît, 7, à Paris

CONDITIONS DE LA VENTE

Elle sera faite au comptant.

Les acquéreurs payeront *cinq pour cent* en sus du prix d'adjudication.

———————— ❦ ————————

L'Exposition mettant le public à même de se rendre compte de l'état des objets, il ne sera admis aucune réclamation une fois l'adjudication prononcée.

CATALOGUE

D'OBJETS D'ART

ET

DE CURIOSITÉ

MEUBLES ANCIENS LOUIS XIII ET LOUIS XVI

GLACES, PENDULES ET CARTELS LOUIS XIV ET LOUIS XVI

GIRANDOLE, LUSTRES

APPLIQUES, LAMPES, BRONZES TONKINS, ÉMAUX CLOISONNÉS

PORCELAINES DE SAXE, DE CHINE ET DU JAPON

FAÏENCES DE DELFT, TAPIS DE SMYRNE, TAPISSERIES

OBJETS DE VITRINE, ETC., ETC.

DONT LA VENTE AUX ENCHÈRES PUBLIQUES AURA LIEU

PAR SUITE DE CESSATION DE COMMERCE DE M. B...

*En vertu d'un jugement du Tribunal de Commerce
de la Seine.*

HOTEL DROUOT, SALLE N° 3

Les Lundi 27 et Mardi 28 Novembre 1871

A DEUX HEURES

PAR LE MINISTÈRE DE M° CHARLES OUDART, COMMISSAIRE-PRISEUR

31, rue Le Peletier

ASSISTÉ DE M. ÉMILE BARRE, EXPERT

20, Chaussée-d'Antin

Chez lesquels se trouve le présent Catalogue

EXPOSITION PUBLIQUE

LE DIMANCHE 26 NOVEMBRE 1871, DE 1 HEURE 1/2 A 5 HEURES 1/2

DÉSIGNATION

MEUBLES

1. — Petit bureau Louis XV en bois de rose et marqueterie, orné de bronzes dorés.

2. — Table à ouvrage Louis XVI en acajou.

3. — Autre table à ouvrage Louis XVI en acajou.

4. — Petite table de toilette demi-sphérique, en marqueterie de bois de couleur, travail hollandais.

5. — Table de milieu en marqueterie de bois, même travail.

6. — Commode-console en acajou, style Louis XVI, ornée de bronzes dorés, avec beau marbre bleu turquin.

7. — Petit meuble d'entre-deux en poirier noirci et marqueterie de cuivre, orné de bronzes.

8. — Petit bureau-secrétaire en poirier noirci, avec marqueterie de cuivre, orné de bronzes.

9. — Petit meuble à deux corps, vitré, en chêne sculpté, travail hollandais.

10. — Autre meuble à deux corps, vitré, en chêne sculpté, travail hollandais.

11. — Crédence en chêne sculpté, époque Louis XIII, travail hollandais.

12. — Autre crédence en chêne sculpté, époque Louis XIII, travail hollandais.

13. — Meuble d'appui vitré, en bois noir orné de cuivres, à dessus de marbre noir.

14. — Autre meuble d'appui vitré, en bois noir orné de cuivres, à dessus de marbre noir.

15. — Chiffonnier en bois noir, laqué, avec dessus en marbre brèche.

16. — Autre chiffonnier en bois noir, laqué, avec dessus en marbre brèche.

17. — Petit *contador portugais*, en marqueterie de bois et d'ivoire.

18-19. Deux glaces style Louis XVI.

20. — Glace style vénitien avec cadre orné de jaspe, malachite.

21 — Autre glace semblable.

22. — Petit guéridon en mosaïque, avec monture et pieds en bronze.

23. — Autre guéridon formé par un plat en porcelaine de Chine, sur une monture en bronze.

OBJETS CHINOIS

ÉMAUX CLOISONNÉS

24. — Deux beaux vases à fond bleu, avec médaillons.

25. — Brûle-parfums trépied, avec anses formées par des Chimères, en bronze doré.

26. — Vase forme balustre, décor d'oiseaux et fleurs.

27. — Deux beaux vases brûle-parfums, à anses et à couvercle, fond bleu et ornements de couleurs.

28. — Vase à trépied, orné de bronzes représentant des éléphants.

29-30. Deux bouteilles fond bleu, décor de fleurs.

31. — Deux vases à pans coupés, fond bleu, décor de paysages.

32. — Deux vases forme gourde, à fond blanc.

33. — Deux jardinières trépieds, montées en bronze doré.

34. — Deux flambeaux.

35-36. Deux bouteilles à fond noir, niellées et décorées d'oiseaux dans des branches.

37-38. Deux potiches à couvercle, fond bleu, décor de fleurs blanches.

39-40. Deux cornets à fond bleu, niellés.

41. — Un grand plat à fond rouge, décoré de médaillons avec monture en bronze doré.

42-43. Deux chiens accroupis, sur socle en bois de fer.

44-45. Deux Chimères accroupies, sur socle en bronze doré.

PENDULES ET BRONZES

46. — Pendule à cage style Louis XVI en malachite, ornée de bronzes dorés, avec dessus formé par un vase.

47. — Deux flambeaux en bronze doré, ornés de malachite.

48. — Petite garniture, composée d'une pendule et deux flambeaux en bronze, ornés de plaques en porcelaine décorée.

49. — Autre petite pendule même genre.

50. — Pendule à enfants en bronze, sur socle en marbre blanc.

51. — Deux flambeaux à deux branches, analogues, formés par des enfants.

52. — Pendule en marqueterie d'écaille et de cuivre, style Louis XIV, ornée de bronzes avec colonnes détachées.

53. — Deux girandoles style Louis XV.

54. — Petite pendule de la renaissance italienne, à clocheton, en bronze doré sur socle en marbre portor.

55. — Cartel style Louis XVI en bronze, orné de vases et têtes de bélier.

56. — Autre cartel style Louis XVI en bronze, orné de vases et têtes de bélier.

57. — Autre cartel style Louis XVI en bronze, orné de vases et têtes de bélier.

58. — Autre cartel style Louis XVI en bronze, orné de vases et têtes de bélier.

59. — Cartel style Louis XVI, semblable aux précédents, en bronze poli.

60. — Autre cartel style Louis XVI, semblable aux précédents, en bronze poli.

61. — Lustre flamand en cuivre.

62. — Autre lustre flamand en cuivre.

63. — Autre lustre plus petit, style Louis XIII.

64. — Petit lustre orné de cristaux.

65. — Paire de chenets en bronze poli, formés par des lions accroupis.

66. — Une paire d'appliques à glace, à trois lumières, en bronze poli, style Louis XIV.

67. — Paire d'appliques à glace, à deux lumières, style Louis XIII.

68. — Encrier en marbre et bronze, représentant l'entrée de Trianon.

69. — Deux petites cassolettes Louis XVI en bronze doré.

70. — Deux petits vases formant flambeaux, en bronze, style Louis XVI.

71. — Petite veilleuse en bronze.

72. — Petite lampe en bronze, formée par une tête de nègre.

73. — Deux flambeaux en bronze, style florentin, formés par des femmes.

74. — Deux flambeaux en bronze, style du xvie siècle italien.

75-80. Six paires de flambeaux styles Louis XV et Louis XVI.

81-83. Trois coffrets en bronze doré, avec plaques en lapis lazuli.

84-85. Deux encriers en bronze et marbre.

86. — Une paire de lampes en bronze tonkin, avec dragons.

87. — Autre paire de lampes en bronze tonkin, avec cigognes.

88. — Une paire de Chimères en bronze tonkin.

89. — Un autre animal chimérique en bronze tonkin.

90. — Un ibis en vieux bronze tonkin.

91-94. Quatre autres ibis formant flambeaux, bronze
tonkin.

95. — Une paire d'écrevisses formant flambeaux,
bronze tonkin.

96. — Une paire de homards formant flambeaux,
bronze tonkin.

97. — Une paire de porte-bouquets, troncs d'arbres
et feuillages, bronze tonkin.

98. — Une paire de bouteilles ornées d'animaux en
relief.

99-103. Cinq paires de vases avec animaux en relief,
bronze tonkin.

104. — Une paire d'aiguières orientales en bronze
doré.

105-106. Deux chaufferettes, bronze tonkin.

107. — Une garniture de quatre pièces, bronze
tonkin.

108. — Vase à anses en vieux bronze, avec ornements en pierres pures et couvercle sur-
monté d'un bouton en jade.

109. — Vase à trépied et à anses, en bronze da-
masquiné d'argent.

110. — Cloche en bronze, avec pied en bois de fer.

111. — Un canard en vieux bronze, avec parties do-
rées.

112. — Un brûle-parfums en bronze, avec trois
pieds formés par des têtes d'éléphants.

113. — Baigneuse, d'après Falconet, en fonte bron-
zée.

114. — Baigneuse, d'après Falconet, en fonte bron-
zée.

115. — Statuette bronze, la Jeunesse de Bacchus.

116. — Petit groupe en bronze de deux personnages.

117. — Vingt et une pièces diverses en bronze.

PORCELAINES

118. — Deux superbes lampes en vieux Japon, montées en bronze, style Louis XVI.

119. — Une paire de lampes en faïence de Delft.

120. — Une autre paire de lampes en faïence de
Delft.

121. — Une paire de lampes en porcelaine de Chine.

122. — Une lampe en vieux Chine, avec monture en
bronze.

123. — Deux vases à couvercle, en vieux Chine,
avec monture en bronze doré.

124. — Deux cassolettes en porcelaine de Chine,
avec monture en bronze doré.

125-126. Deux petites jardinières en Chine moderne, avec monture en bronze doré.

127-128. Deux petites caisses carrées en Chine moderne, avec monture en bronze doré.

129-131. Quatre paires de vases en porcelaine de Chine craquelée.

132. — Grand vase en porcelaine de Chine craquelée à côtes.

133. — Deux vases craquelés à figures.

134. — Une autre paire de vases craquelés à figures.

135-137. Trois paires de vases en porcelaine de Chine.

138. — Un vase carré en porcelaine de Chine.

139-140. Deux paires de bouteilles, Chine et Japon.

141. — Une grande potiche, Japon bleu.

142-143. Deux paires de cache-pots en porcelaine d'Allemagne.

144. — Une paire de potiches à pans coupés, en porcelaine du Japon.

145. — Une soupière à couvercle, en porcelaine de Chine.

146-147. Deux petites jardinières, Japon bleu.

148. — Un beurrier, Japon bleu.

149. — Deux vases fond bleu, médaillons de figures, porcelaine de Berlin.

150. — Groupe de deux canards, en blanc de Chine.

151. — Une bouteille, porcelaine de Chine.

152. — Deux groupes de deux figures, porcelaine de Saxe.

153-154. Deux autres groupes, porcelaine de Saxe.

155. — Un huilier, porcelaine de Saxe.

156. — Un tête-à-tête, porcelaine de Saxe.

157. — Un service de six tasses, une théière, un bol, un sucrier, un pot à lait, une boîte à thé, en porcelaine d'Allemagne.

158. — Un service composé de dix tasses, un bol, trois pots à lait, une théière et une boîte à thé, en porcelaine de l'Inde, avec armoiries.

159. — Un autre service composé de onze tasses, un sucrier, une théière, une boîte à thé, un pot à lait, en porcelaine de l'Inde, à figures.

160-164. Cinq tasses en Saxe moderne.

165-167. Trois petits sucriers en Saxe, à jour.

168-171. Quatre plats en faïence de Delft.

172. — Un plat, porcelaine du Japon.

173. — Un plat en porcelaine de Saxe.

174. — Une plaque en Delft.

175. — Un plat en Delft, formant applique, à trois lumières.

176. — Pièces diverses en porcelaine.

OBJETS DIVERS

177. — Deux petits presse-papier en cristal de roche, avec animaux chimériques.

178-179. Quatre petits plateaux en émail de Chine.

180. — Porte-cartes en ivoire, avec ornements de nacre.

181. — Deux presse-papier en pierre de Florence.

182. — Thermomètre en ivoire de Dieppe.

183-184. Deux écrans en bois de fer, avec ornements en jade et pierres dures, et vases émaillés.

PARIS. — J. CLAYE, IMPRIMEUR, 7 RUE SAINT-BENOIT. — [1080]